Amelie, Carolin,
Larissa
und Teresa
gewidmet.

Mathilda möchte Ärztin werden
und alle Krankheiten kurieren,
doch nicht die menschlichen Beschwerden,
viel lieber hilft sie kranken Tieren:

Das Pferd, das lahmt auf einem Bein.
Die Ärztin kratzt aus seinem Huf
mit einer Gabel einen Stein.
Wie nützlich ist doch ihr Beruf!

Das Meerschweinchen sitzt ganz alleine
im Käfig und hat Depressionen.
Drum braucht es zwei, drei nette Schweine,
die dort mit ihm zusammen wohnen.

Das Zebra hat zwei Zebrastreifen
verloren links am Hinterlauf.
Mathilda muss zum Pinsel greifen
und malt ihm neue Streifen auf.

Der kleine Elefant ist stumm,
weil in der Wüste Nordwind wehte.
Mathilda tröstet ihn darum
mit einer silbernen Trompete.

Das Krokodil braucht ein Gebiss,
muss weit sein großes Maul aufreißen.
Mit einem Stock als Hindernis
im Kiefer kann es niemand beißen.

Der alte Storch ist farbenblind
und findet keinen Frosch im Gras.
Da setzt Mathilda ihm geschwind
in seine Brille grünes Glas.

Ein Reh hat sich im Wald verirrt,
weil Jäger laut ins Jagdhorn bliesen.
Mit Kompass und mit Karte wird
dem Kitz der Weg nach Haus gewiesen.

Dem Pelikan geht's miserabel
seit seinem großen Festtagsschmaus.
Ein Stockfisch steckt in seinem Schnabel!
Mathilda angelt ihn heraus.

Dem Nashorn ist ein Horn gebrochen,
das große auf der Nase vorn.
Da muss Mathilda Kleister kochen
und klebt es wieder an, das Horn.

Den Maulwurf blendet Tageslicht,
er hat empfindliche Pupillen.
Für überirdisch gute Sicht
schenkt ihm Mathilda Sonnenbrillen.

Der Affe rennt im Kreis herum,
ein Drehwurm ist die Diagnose.
Er braucht kein Antibiotikum,
doch Ruhe hilft, bedingungslose.

Der Löwe brüllt, ist bitterböse:
In seinem Schwanze sitzt ein Knoten.
Doch dass man ihn davon erlöse,
bevor er einschläft, ist verboten!

Der Esel schreit „I-A“ und stampft:
Verheddert hat er seine Ohren.
Mit Yoga-Übungen entkrampft
fühlt er sich bald wie neugeboren.

Dem Wellensittich hat der Regen
den bunten Federflaum geplättet.
Mit Lockenwicklern wird deswegen
sein Prachtgefieder rasch gerettet.

Der Hund hat Husten, Schnupfen, Fieber,
ins Bett will er doch keinesfalls:
Der freche Schnauzer möchte lieber
ein buntes Tuch um seinen Hals!

Die Kuh kann etwas nicht verdauen,
steht auf der Weide und stöhnt: „Muh!"
Ins Maul muss ihr Mathilda schauen:
Sie findet einen Wanderschuh.

Dem Eichhörnchen, dem kleben Kletten
im Schweif, die stören es beim Steuern.
Mit Kamm und Bürste kann man's retten.
Nun springt's zu neuen Abenteuern!

Bei der Giraffe wird es blutig:
Sie hat ein aufgekratztes Ohr.
Auf einer Leiter klettert mutig
Mathilda zu dem Tier empor.

Ein Bandwurm hat den Fuchs befallen.
Wie macht Mathilda damit Schluss?
Als bestes Mittelchen von allen
wirkt hier natürlich Rhizinus!

Der Igel jammert, tief ins Fell
hat eine Zecke sich verbissen.
Mathilda findet sie: Blitzschnell
wird der Vampir herausgerissen!

Der Biber hat ein Loch im Schwanz,
weswegen er nun zickzack schwimmt.
Mit Nähgarn macht's Mathilda ganz,
damit das Steuer wieder stimmt.

Der Strauss hat Angst, ihm fehlt der Sand,
um seinen Kopf hineinzustecken.
Mit Nachfüllbeutel stets zur Hand
kann nichts den Vogel mehr erschrecken.

Die Maus kriegt Pickel im Gesicht,
hat eine Käse-Allergie:
Was Milch enthält, bekommt ihr nicht,
doch Tofu-Würstchen heilen sie.

Das schwarze Schaf im Stall beneidet
die weißen, wäre lieber hell.
Damit das Lämmchen nicht mehr leidet
bekommt es nun ein dick'res Fell.

Dem Bären tut der Bauch so weh,
er hat den Honig leer geschleckt.
Mathilda kocht ihm Kümmeltee,
der neue Lebensgeister weckt.

Der Hase ist am Humpeln, Hinken,
er hat sich seinen Fuß verstaucht,
weshalb er für den kranken Linken
zur Schonung einen Roller braucht.

Der Goldfisch wirkt betrübt und bleich,
was wohl am Glasgefängnis liegt.
Mathilda lässt ihn frei im Teich,
worauf er wieder Farbe kriegt.

Die Katze maunzt, miaut und murrt,
hat Heimweh von der schlimmsten Sorte.
Mathilda krault sie, bis sie schnurrt.
Hier helfen Hände mehr als Worte!

Der junge Schwan ist liebeskrank,
kann nicht mehr schlafen, nicht mehr fressen.
Mathilda mixt ihm einen Trank,
der hilft, den Kummer zu vergessen.

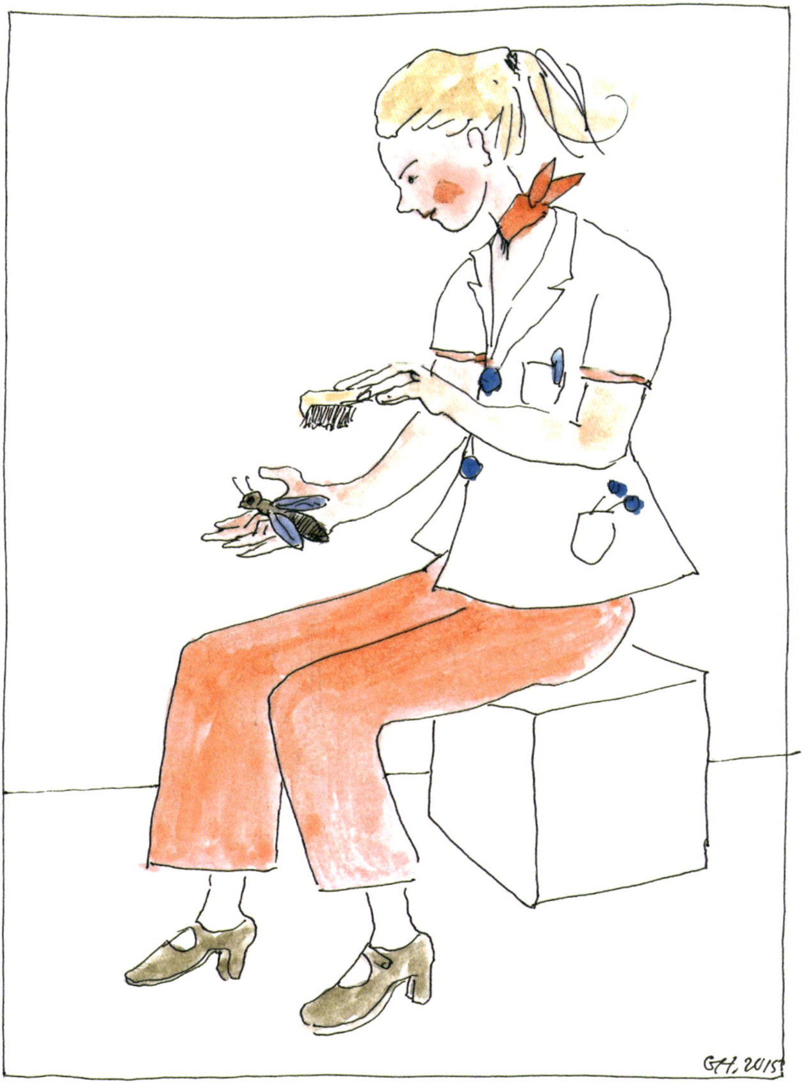

Die Biene klebt, ihr hat der Sturz
ins Marmeladenglas geschadet.
Mathilda putzt das Tierchen kurz,
bevor sie es behutsam badet.

Der Frosch will eine Frau erwischen,
er glaubt, ein Kuss macht ihn zum Prinz.
Um seinen Atem zu erfrischen
gibt ihm Mathilda Pfefferminz.

Der Hahn begrüßt den Tag zu spät,
drum gibt's im Hühnerstall Gemecker.
Damit er morgens pünktlich kräht,
schenkt ihm Mathilda einen Wecker.

Das Murmeltier ist müd und matt,
es flüchtet sich ins Reich der Träume.
Damit es Spaß am Leben hat,
empfiehlt Mathilda Purzelbäume.

Die Biene klebt, ihr hat der Sturz
ins Marmeladenglas geschadet.
Mathilda putzt das Tierchen kurz,
bevor sie es behutsam badet.

Der Frosch will eine Frau erwischen,
er glaubt, ein Kuss macht ihn zum Prinz.
Um seinen Atem zu erfrischen
gibt ihm Mathilda Pfefferminz.

Der Hahn begrüßt den Tag zu spät,
drum gibt's im Hühnerstall Gemecker.
Damit er morgens pünktlich kräht,
schenkt ihm Mathilda einen Wecker.

Das Murmeltier ist müd und matt,
es flüchtet sich ins Reich der Träume.
Damit es Spaß am Leben hat,
empfiehlt Mathilda Purzelbäume.

Nachwort

Die Idee zu diesem Bilderbuch für Groß und Klein kam meinem Illustrator, dem Würzburger Allgemeinarzt Dr. Gerhard Hainlein, als seine damals sechsjährige Enkelin Amelie eines Sonntags den Wunsch äußerte, Tierärztin werden zu wollen. Gemeinsam mit ihrem Großvater überlegte sie sich voller Fantasie kreative Heilmethoden für tierische Beschwerden aller Arten.

Herr Dr. Hainlein skizzierte ihre Ideen mit Kohlestift, Amelie malte sie bunt aus und ich fasste die Geschichten in einfache, aber pointiert formulierte Vierzeiler. Von Hainleins Einfall begeistert, habe ich die lustige Reihe weiter fortgesetzt: Vierzig Tier-Patienten wurden von der kleinen Tierärztin mittlerweile erfolgreich in Text und Bild geheilt, sie selbst wurde aus Gründen des Klanges und des Versmaßes in „Mathilda" umgetauft.

Ein herzlicher Dank geht an den Herausgeber Andreas Mettenleiter und an Herrn Hans-Reinhard Koch, der mit Einfühlungsvermögen und Umsicht das Layout besorgte.

Das Büchlein „Tierärztin Mathilda" ist nicht nur als Bilderbuch für Kinder vorstellbar, die die heiteren Verse unmittelbar begreifen können, sondern auch als Geschenkbuch für Erwachsene, die den tieferen Sinn oder das Augenzwinkern hinter den Zeilen entdecken.

Unser Ziel wäre es, wenn sich viele kleine und große Patienten durch die Lektüre von „Tierärztin Mathilda" gesundschmunzeln könnten ...

Cornelia Boese

Weitere Bilderbücher im AKAMEDON Verlag

Während Würzburg schläft, unternehmen Kilian, Kater Tom, die Krähe Abrax und der mutige Brückenlöwe einen abenteuerlichen Spaziergang durch die menschenleere Stadt.

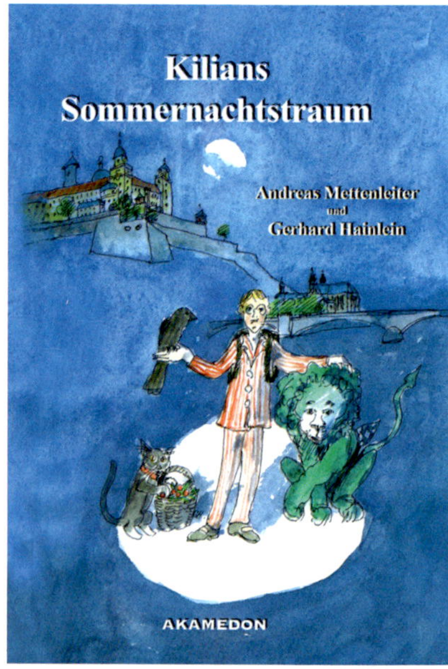

Kilians Sommernachtstraum. Ein Würzburg-Bilderbuch (nicht nur) für Kinder. Von Andreas Mettenleiter mit Bildern von Gerhard Hainlein. 2018. 36 Seiten. Din A4. Durchgehend farbig. Fester Einband. 14 €. ISBN 978-3-940072-25-2 Auch in englischer Sprache.

STEIN – wie der Würzburger Stein entstand. Ein Lese- und Vorlesebuch – nicht nur für Kinder. Von Andreas Mettenleiter mit Bildern von Barbara Schumann. 2019. 36 Seiten. Durchgehend farbig. Fester Einband. 15 €. ISBN 978-3-940072-14-6. Auch in englischer Sprache.

Der Steinberg, Würzburgs berühmteste Weinlage, könnte mit etwas Phantasie zu Urzeiten ein riesiger Saurier gewesen sein, an dessen Abenteuer der Leser schmunzelnd teilhaben darf.

Weitere Bilderbücher im AKAMEDON Verlag

Professor Johann Bartholomäus Adam Beringers falsche „Fossilien" haben schon die Zeitgenossen amüsiert. In Versform erzählt und humorvoll illustriert spricht die Geschichte Jung und Alt gleichermaßen an.

Beringers Lügensteine. Von Andreas Mettenleiter mit Bildern von Gerhard Hainlein. 2021. 48 Seiten. Durchgehend farbig. Fester Einband. 15 €. ISBN 978-3-940072-33-7

Bruno. Von J. F. Paul und Barbara Schumann (Illustrationen). 2019. 32 Seiten. Durchgehend farbig. Fadenheftung. Fester Einband. 15 €. ISBN 978-3-940072-16-0. Auch in englischer Sprache.

Der griesgrämige, aber herzensgute Hamster Bruno entwischt seinem Besitzer und muss sich draußen alleine zurechtfinden – anrührend und hintersinnig.

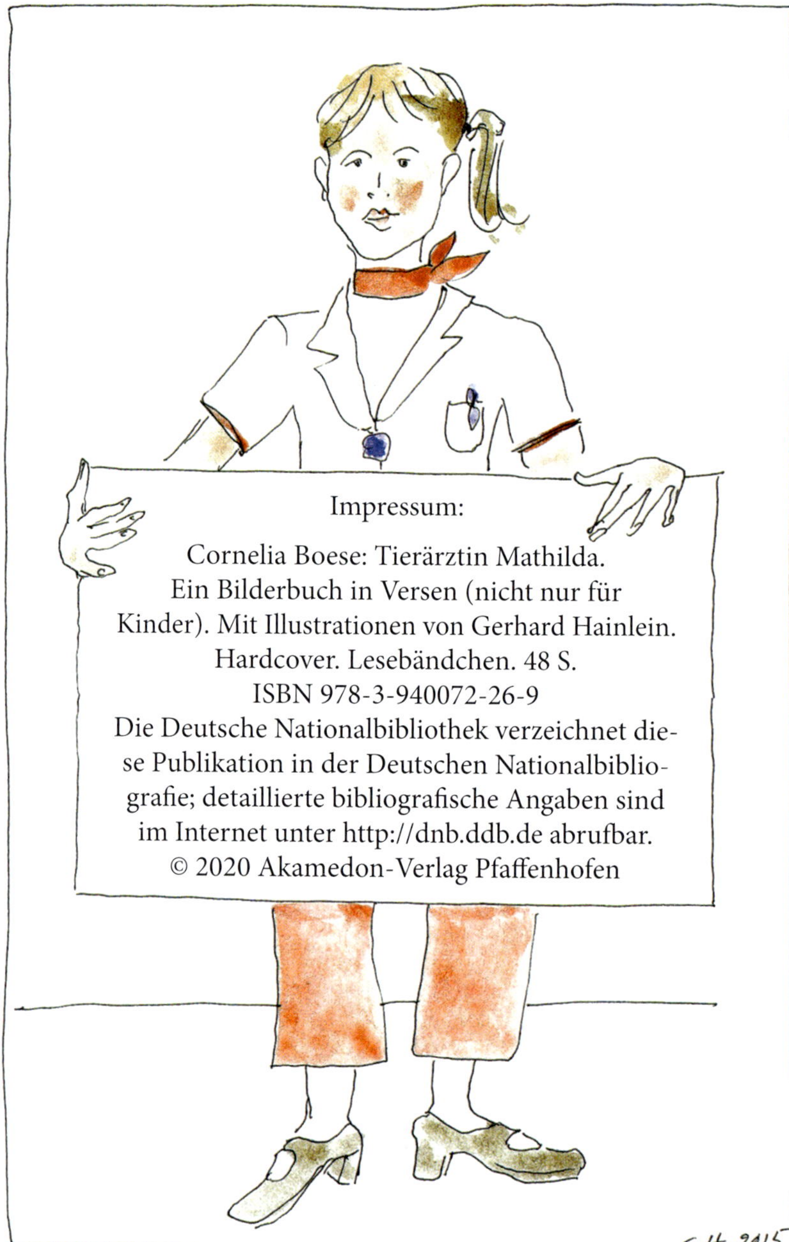

Impressum:

Cornelia Boese: Tierärztin Mathilda.
Ein Bilderbuch in Versen (nicht nur für Kinder). Mit Illustrationen von Gerhard Hainlein.
Hardcover. Lesebändchen. 48 S.
ISBN 978-3-940072-26-9
Die Deutsche Nationalbibliothek verzeichnet diese Publikation in der Deutschen Nationalbibliografie; detaillierte bibliografische Angaben sind im Internet unter http://dnb.ddb.de abrufbar.

Nachwort

Die Idee zu diesem Bilderbuch für Groß und Klein kam meinem Illustrator, dem Würzburger Allgemeinarzt Dr. Gerhard Hainlein, als seine damals sechsjährige Enkelin Amelie eines Sonntags den Wunsch äußerte, Tierärztin werden zu wollen. Gemeinsam mit ihrem Großvater überlegte sie sich voller Fantasie kreative Heilmethoden für tierische Beschwerden aller Arten.

Herr Dr. Hainlein skizzierte ihre Ideen mit Kohlestift, Amelie malte sie bunt aus und ich fasste die Geschichten in einfache, aber pointiert formulierte Vierzeiler. Von Hainleins Einfall begeistert, habe ich die lustige Reihe weiter fortgesetzt: Vierzig Tier-Patienten wurden von der kleinen Tierärztin mittlerweile erfolgreich in Text und Bild geheilt, sie selbst wurde aus Gründen des Klanges und des Versmaßes in „Mathilda“ umgetauft.

Ein herzlicher Dank geht an den Herausgeber Andreas Mettenleiter und an Herrn Hans-Reinhard Koch, der mit Einfühlungsvermögen und Umsicht das Layout besorgte.

Das Büchlein „Tierärztin Mathilda“ ist nicht nur als Bilderbuch für Kinder vorstellbar, die die heiteren Verse unmittelbar begreifen können, sondern auch als Geschenkbuch für Erwachsene, die den tieferen Sinn oder das Augenzwinkern hinter den Zeilen entdecken.

Unser Ziel wäre es, wenn sich viele kleine und große Patienten durch die Lektüre von „Tierärztin Mathilda“ gesundschmunzeln könnten ...

Cornelia Boese

Weitere Bilderbücher im AKAMEDON Verlag

Während Würzburg schläft, unternehmen Kilian, Kater Tom, die Krähe Abrax und der mutige Brückenlöwe einen abenteuerlichen Spaziergang durch die menschenleere Stadt.

Kilians Sommernachtstraum. Ein Würzburg-Bilderbuch (nicht nur) für Kinder. Von Andreas Mettenleiter mit Bildern von Gerhard Hainlein. 2018. 36 Seiten. Din A4. Durchgehend farbig. Fester Einband. 14 €. ISBN 978-3-940072-25-2 Auch in englischer Sprache.

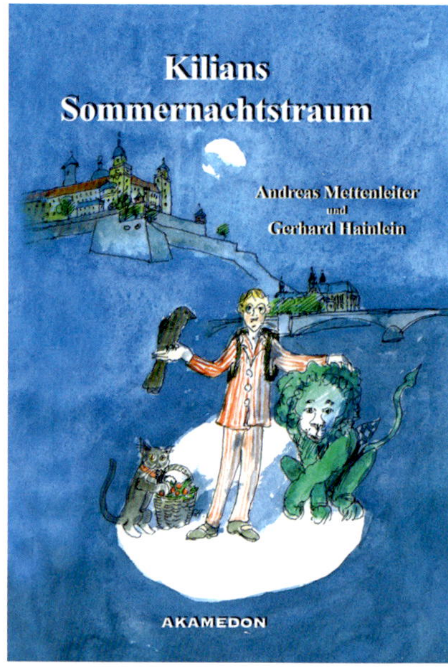

STEIN – wie der Würzburger Stein entstand. Ein Lese- und Vorlesebuch – nicht nur für Kinder. Von Andreas Mettenleiter mit Bildern von Barbara Schumann. 2019. 36 Seiten. Durchgehend farbig. Fester Einband. 15 €. ISBN 978-3-940072-14-6. Auch in englischer Sprache.

Der Steinberg, Würzburgs berühmteste Weinlage, könnte mit etwas Phantasie zu Urzeiten ein riesiger Saurier gewesen sein, an dessen Abenteuer der Leser schmunzelnd teilhaben darf.

Weitere Bilderbücher im AKAMEDON Verlag

Professor Johann Bartholomäus Adam Beringers falsche „Fossilien" haben schon die Zeitgenossen amüsiert. In Versform erzählt und humorvoll illustriert spricht die Geschichte Jung und Alt gleichermaßen an.

Beringers Lügensteine. Von Andreas Mettenleiter mit Bildern von Gerhard Hainlein. 2021. 48 Seiten. Durchgehend farbig. Fester Einband. 15 €. ISBN 978-3-940072-33-7

Bruno. Von J. F. Paul und Barbara Schumann (Illustrationen). 2019. 32 Seiten. Durchgehend farbig. Fadenheftung. Fester Einband. 15 €. ISBN 978-3-940072-16-0. Auch in englischer Sprache.

Der griesgrämige, aber herzensgute Hamster Bruno entwischt seinem Besitzer und muss sich draußen alleine zurechtfinden – anrührend und hintersinnig.

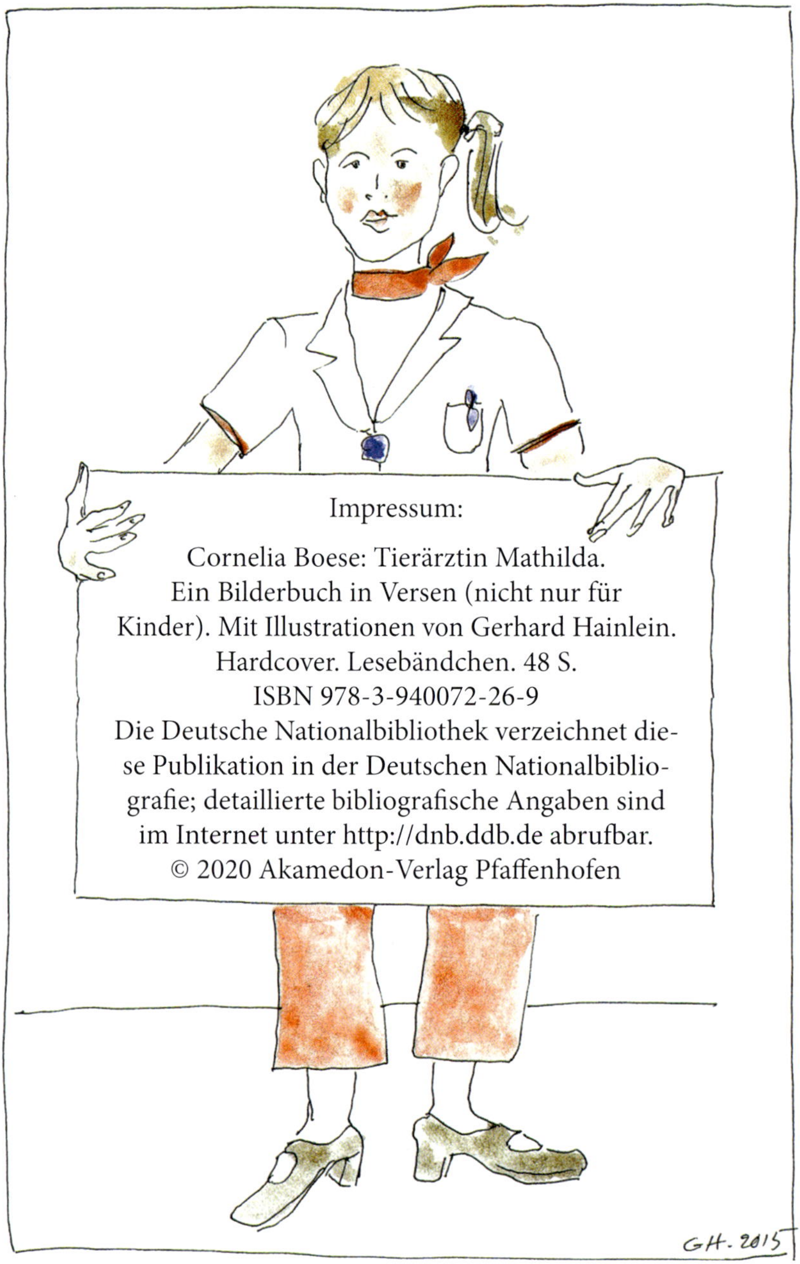

Impressum:

Cornelia Boese: Tierärztin Mathilda.
Ein Bilderbuch in Versen (nicht nur für Kinder). Mit Illustrationen von Gerhard Hainlein.
Hardcover. Lesebändchen. 48 S.
ISBN 978-3-940072-26-9
Die Deutsche Nationalbibliothek verzeichnet diese Publikation in der Deutschen Nationalbibliografie; detaillierte bibliografische Angaben sind im Internet unter http://dnb.ddb.de abrufbar.